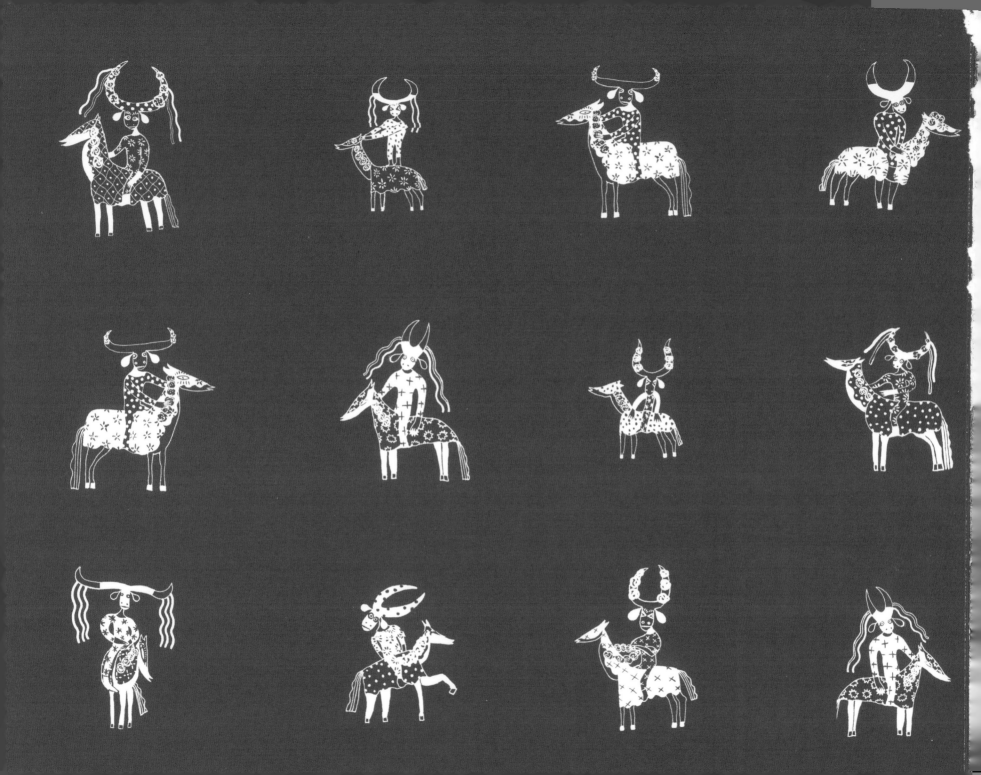

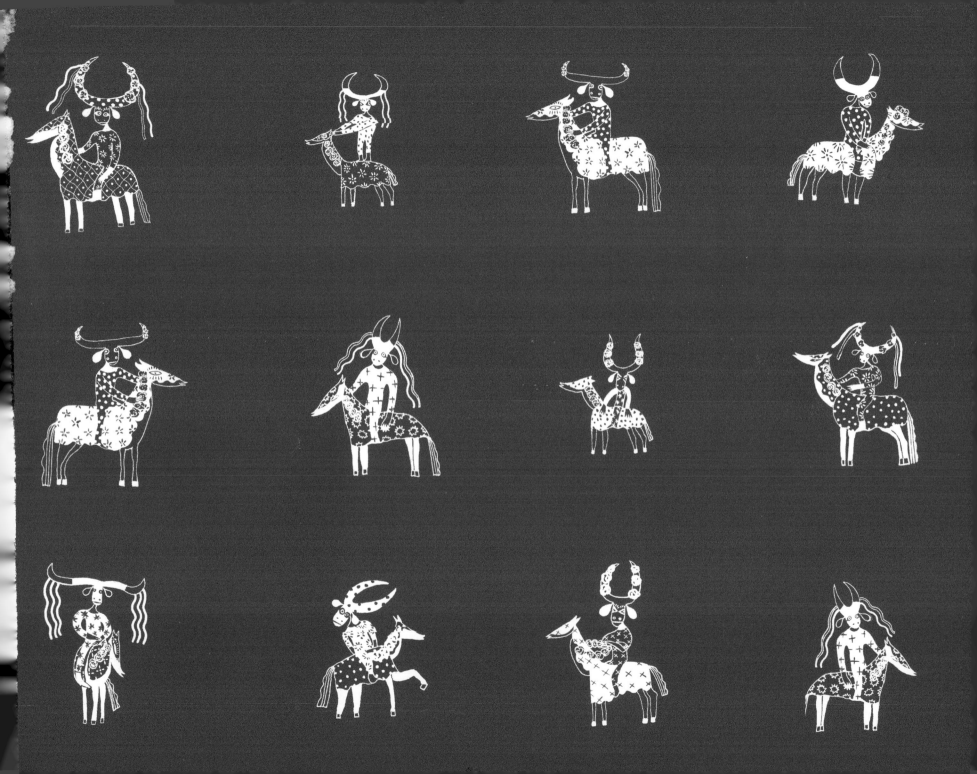

PARA SANDRA
PARA SILVIO

LAS CABALGADAS DE PIRENÓPOLIS

ROGER MELLO

TRADUCCIÓN
MARIANA SERRANO ZALAMEA

São Paulo
2020

global
editora

Arlindo fue a coger una flor
para llevarle a Lucinda.
Caracara se crispó fuerte
voló rastrero, de muerte.
Pero la muerte no se deslinda.
Arlindo corrió sin compás,
sin la flor de amor por Lucinda.
El halcón tiene porte y fama,
y es el dueño de la flor de la sabana.

Viene de allá el enmascarado Caballero,
el Caballero de Pirenópolis.
Viste de arcoíris por entero.
Y el Caballero es quien dice:
—¿Arlindo a dónde vas tan ligero?

— *No corro con prisa, corro con susto.*
Fui a buscar temprano una flor hoy justo,
y el halcón vigiló amenazador.
No corro con prisa, corro con pavor.

— *Hable menos, es mejor escuchar.*
Le doy esta máscara de jaguar.
Esa máscara le queda bien justa.
Caracara no le teme a un niño,
pero frente al jaguar se asusta.

El jinete de Pirenópolis
trotó con su trote – danza.
Desapareció de una vez.
Antes de un dos por tres
se terminó la mudanza.

Arlindo, ahora era Arlindo Jaguar.

Y corrió de nuevo al bosque,
a coger la flor.
Caracara llegó, amenazante,
mas dio media vuelta rampante:
cerca del jaguar, no es verdad la valentía.

Arlindo regresa a la ciudad,
con una flor para Lucinda.

En la ciudad de Pirenópolis
Arlindo usaba antifaz.
Mil caras también con disfraz.
Pasó por la iglesia matriz.

Vio hombres con cara de toro
y antifaces sin caras.
Era domingo ese día,
la Banda del Cuero decía,
¡domingo de caballería!

—Señor mío, ¿vio a Lucinda?
—No sé por dónde andaría.
—¿No sabe, señora mía?
—¿Hija de doña Florinda?
—Hija de doña Isadora.
—No le sé decir, ¿y ahora?

La pastelera se asomó a la ventana:
—Niño, ¡qué flor más linda!
  Esa flor, ¿de quién será?
—Fue de Caracara y es de Lucinda.
—Niño, dame esa flor.
—De regalo, no se la doy.
—Véndeme la flor, entonces.
—Ni por un millón.
—Te la cambio por dulce de higo.
—Quiero seguir, no lo consigo.
—Te la cambio por dulce de papaya.
—Es tempo de que me vaya.
—Por dulce de lulo maduro.
—Déjeme seguir, ¡la conjuro!

La pastelera rezongó un tanto.
Hizo escándalo, derramó llanto.
—Ay, si esa flor fuera mía…
Regresó a la cocina,
a hacer dulce de moriche.
Pero no encontró en el trapiche.

Al charco se fue a buscarlo.
En la palmera se trepó,
con agilidad subió.
Recogió las frutas, más de cien.
Pero al bajar, ni mal, ni bien.
—¡Que alguien me saque de aquí!

Divisó al halcón justo enfrente.
Que voló, de un sobresalto,
y se posó en una saliente.
La pastelera, lanza en ristre:
—Halcón, ¿por qué volaste tan triste?
—El jaguar se llevó mi flor...
—No fue él, ¡que no!
  Te diré quién fue el culpable
  si me bajas, por favor.
—Así queda pactado.
—Fue Arlindo enmascarado.

El pájaro voló a la ciudad.
—Halcón, ¡no me hagas esto!, ten piedad.
  ¡No me dejes, no seas chinche!
Para siempre quedó presa — y de veras:
llena de comer moriche.

Arlindo en frente de la pista.
Comenzaron las Cabalgadas:

Doce pares empinados.
—*Uso penacho rojo, soy moro.*
—*Uso penacho azul, soy cristiano.*
Y un rey en los dos lados.
—*Porto brocado rojo, soy moro.*
—*Porto brocado azul, soy cristiano.*
Golpea al caballo con el casco.
Después se lanza, estallado.
—*Ese de estribo rojo, es moro.*
—*Ese de estribo azul, es cristiano.*
Si pierdo los estribos, mira este.
—*Soy moro, de apero granate.*
—*Soy cristiano, de apero celeste.*

Arlindo divisó a Lucinda:
—*Lucinda, esta flor es tuya. La arranqué del tallo.*
—*Niño Jaguar, desconozco tu cariz.*
—*¿Quién soy yo? Me callo.*
—*Sos quien sos,*
  ¡esta flor será mía!
  ¡Este amor es de vos!

Caracara voló profundo.
Como quien alebresta un avispero,
llegó por entero.
Lo vio todo el mundo.

Arlindo perdió a Lucinda.

El halcón se lanzó como una saeta:
—¡Salga de mi espalda!
La mujer se arreglaba la falda
y el viento se la alzaba.
—¡Esa sí que es un ave brava!
De un vuelo se llevó la flor.
De otro vuelo se llevó la cara de jaguar.
Está deshecho el malestar:

Arlindo Jaguar, ahora sólo es Arlindo.

Lucinda divisó a Arlindo:
—Arlindo ¿viste a mi novio?
—¿Tu novio, quién era?
—Me trajo una flor y era lindo.
   Tenía cara de fiera.
   Era casi de tu talla.
   Se fue sin dejar huella.
—Extraño...
—Déjalo, me voy yendo.
Lucinda regresó a su tierra
sin despedirse de Arlindo.

....

El halcón voló hacia la Sierra.
Pava: ¡corra!
Paujil: ¡llévate los tuyos!
¡Corre, perdiz!
El halcón hizo la curva en el viento.
Bandada: ¡hay que estar bien atento!
¿Se escapó la torcaza? Por un tris.

El cielo será cielo azul.
El cielo será cielo bermejo.
El cielo mirándose al espejo
—¡vanidoso, el desgraciado!
Hasta enfermarse, perplejo.
Y caer al suelo, desmayado.

Arlindo se levantó dando un traspiés
algún revés de mañana,
distinto al gallo cacareando.

Fue a coger una flor en la sabana.

ROGER MELLO nació en Brasilia, en 1965. Es ilustrador, escritor y director de teatro. Fue ganador del Premio Hans Christian Andersen en la categoría de Ilustrador, concedido por el International Board on Books for Young People (IBBY) y considerado como el Premio Nobel de la Literatura Infantil y Juvenil. Es *hors-concours* de los premios de la Fundación Nacional del Libro Infantil y Juvenil (FNLIJ por sus siglas en portugués). También fue ganador de diez Premios Jabuti. Roger recibió el Chen Bochui International Children's Literature Award como mejor autor extranjero en China.

Esta obra ganó el Premio Jabuti en la categoría de Ilustración de Libros Infantil o Juvenil y el Premio FNLIJ, en la categoría de Mejor Ilustración *Hors-Concours*.

© ROGER MELLO, 2016
1ª Edición, Global Editora, São Paulo 2020

JEFFERSON L. ALVES – director editorial
FLÁVIO SAMUEL – gerente de producción
JULIANA CAMPOI – asistente editorial
ROGER MELLO – ilustraciones
EDUARDO OKUNO – dirección de arte
MARIANA SERRANO ZALAMEA – traducción
ELIANE MIRANDA MONTEIRO FERREIRA – diagramación

Dados Internacionais de Catalogação na Publicação (CIP)
(Câmara Brasileira do Livro, SP, Brasil)

Mello, Roger
  Las cabalgadas de Pirenópolis / Roger Mello ; ilustração Roger Mello ; tradução Mariana Serrano Zalamea. -- 1. ed. -- São Paulo : Global Editora, 2020.
  Título original: Cavalhadas de Pirenópolis
  ISBN 978-85-260-2449-6
  1. Poesia - Literatura infantojuvenil
  I. Título.

20-42719   CDD-028.5

Índices para catálogo sistemático:
1. Poesia : Literatura infantil   028.5
2. Poesia : Literatura infantojuvenil   028.5

Maria Alice Ferreira - Bibliotecária - CRB-8/7964

global editora

Derechos Reservados

GLOBAL EDITORA E DISTRIBUIDORA LTDA.
Rua Pirapitingui, 111 – Liberdade
CEP 01508-020 – São Paulo – SP
Tel.: (+55 11) 3277-7999
e-mail: global@globaleditora.com.br
www.globaleditora.com.br

 Colabore con la producción científica y cultural. Prohibida la reproducción total o parcial de esta obra sin autorización del editor.

Nº de Catálogo: 3973

OBRAS DE ROGER MELLO EN ESPAÑOL

Bumba mi buey bumbá

Griso, el único

La cometa

La flor del lado de allá

Nao Catarineta

Salvaje